La classe de neige

Après la classe… visitez notre site :
www.soulieresediteur.com

Du même auteur

Chez le même éditeur :

L'Arbre de Joie, roman, coll. Ma petite vache a mal aux pattes, 1999. Prix Boomerang 2000.
Zzzut ! roman, coll. Ma petite vache a mal aux pattes, 2001. Prix Communication-Jeunesse 2001. Sélection pour la Bataille des livres 2005-2006 (Suisse).
Mineurs et vaccinés, roman, coll. Ma petite vache a mal aux pattes, 2002, 2e position au palmarès de Communication-Jeunesse 2002.
Mon petit pou, roman, coll. Ma petite vache a mal aux pattes, 2003, Finaliste Prix choix du public au Salon du livre de Trois-Rivières 2004, Finaliste au Prix Communication-Jeunesse 2004.
Un gardien averti en vaut trois, roman, coll. Ma petite vache a mal aux pattes, 2004. Finaliste au prix des abonnés des bibliothèques Mauricie et Centre-du-Québec.
Zak, le fantôme, roman, coll. Chat de gouttière, 2003. Prix Hackmatack 2005, Finaliste au Prix Communication-Jeunesse 2003.
C'était un 8 août, roman, coll. Graffiti, 1999. Finaliste Prix Hackmatack 2001.
Les Tempêtes, roman, coll. Graffiti, 2004. Finaliste au prix du Gouverneur général du Canada 2005.
L'Initiation, roman, coll. Graffiti, 2005.
Le jour de l'araignée, roman, coll. Ma petite vache a mal aux pattes, 2006.

Chez d'autres éditeurs :

Aux éditions Michel Quintin
Série *Savais-tu ?* ; 28 titres

Aux éditions Pierre Tisseyre
Série *Coco* ; 6 titres

La classe de neige

un roman écrit par **Alain M. Bergeron**
et illustré par Sampar

SOULIÈRES ÉDITEUR

case postale 36563 — 598, rue Victoria
Saint-Lambert (Québec) J4P 3S8

Soulières éditeur remercie le Conseil des Arts du Canada et la SODEC de l'aide accordée à son programme de publication et reconnaît l'aide financière du gouvernement du Canada par l'entremise du Programme d'Aide au Développement de l'Industrie de l'Édition (PADIÉ) pour ses activités d'édition. Soulières éditeur bénéficie également du Programme de crédit d'impôt pour l'édition de livres – Gestion Sodec – du gouvernement du Québec.

Dépôt légal: 2006
Bibliothèque nationale du Canada
Bibliothèque et Archives nationales du Québec

Catalogage avant publication de Bibliothèque et Archives Canada

Bergeron, Alain M.

La classe de neige

(Collection Ma petite vache a mal aux pattes ; 69)

Pour enfants de 6 ans et plus.

ISBN-13: 978-2-89607-040-4
ISBN-10: 2-89607-040-0

I. Sampar. II. Titre. III. Collection.

PS8553.E674C53 2006 jC843'.54 C2006-940813-0
PS9553.E674C53 2006

Conception graphique de la couverture:
Annie Pencrec'h

Logo de la collection:
Caroline Merola

ISBN-13: 978-2-89607-040-4
ISBN-10: 2-89607-040-0

58669

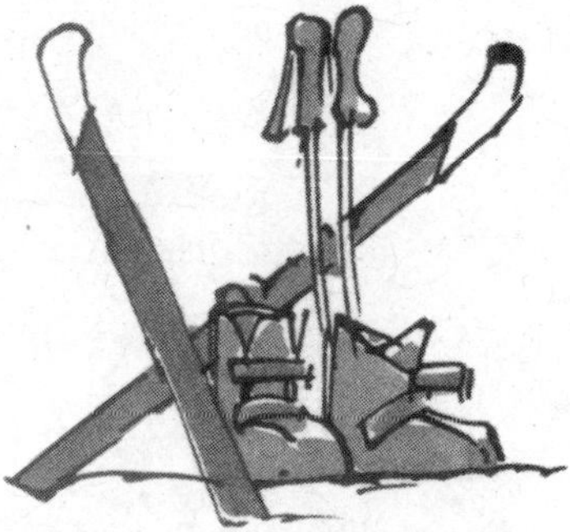

À toute l'équipe
du mont Gleason.

Chapitre 1

On ne dit pas *mouru*...

Maman me répète tout le temps de mettre des sous-vêtements propres juste au cas où je me ferais heurter par un autobus et que je doive me rendre d'urgence à l'hôpital. Aujourd'hui, j'ai enfilé mes petites culottes Bugs Bunny, avec des lapins et des carottes. Elles sont très voyantes avec leurs couleurs fluo. Une chance que je les ai préférées à celle avec des motifs de petits oursons. J'aurais été gêné de les montrer au médecin et à l'infirmière.

Car j'y suis, à l'hôpital, le pied dans le plâtre jusqu'à la cuisse. Mes parents et ma petite soeur Isabelle sont à mon chevet.

—Est-ce que je pourrai avoir ton jus quand tu seras *mouru*? me demande Isabelle, les yeux suppliants.

—On ne dit pas *mouru*, ma chouette, mais mort, corrige maman, assise sur mon lit, près de moi.

—Et Dominic ne va pas mourir. Il a seulement la cheville cassée, rappelle papa, prenant place sur une chaise.

—C'est pas juste ! proteste Isabelle, boudeuse. Moi aussi, je veux faire du ski pour me retrouver à l'hôpital et boire du jus… J'ai soif, moi !

Pour lui changer les idées, maman lui remet un crayon feutre et l'invite à dessiner sur mon plâtre.

—Tu sais que dans ton cocon de plâtre, ta chenille brisée va se transformer en un beau papillon bleu, affirme-t-elle.

—Ce n'est pas une chenille, Isabelle, c'est une CHEVILLE et…

L'arrivée de l'infirmière dans la chambre met un terme à cette étrange conversation.

—Ho ! Ho ! C'est l'heure de madame Piqûre ! déclare Isabelle, enthousiaste et visiblement excitée à l'idée de voir mon corps transpercé d'aiguilles.

L'infirmière, constatant la lueur d'inquiétude dans mon regard, me rassure. Elle me fait un clin d'oeil tout en parlant à Isabelle.

—Je viens voir si ton grand frère n'est pas *mouru*...

—Je peux avoir son jus ? tente de nouveau Isabelle.

Sans plus attendre, je lui tends le verre qu'elle avale d'un trait.

—Tiens, espèce de bébé !

—Qu'est-ce qu'on dit, ma puce ? intervient maman.

—Bébé toi-même ! répond-elle, en me tirant la langue.

—Alors, tu nous le racontes, cet accident de ski ? demande papa.

Hum...

Chapitre 2

Une curieuse symphonie

Clac-clac-clac-clac-clac-clac-clac !

Snif-snif-snif-snif-snif-snif !

—Snif… As-tu froid, Xavier Beaulieu ? Ou bien as-tu peur ? Snif… dis-je, entre deux reniflements, à mon voisin de banc.

—Clac-clac-clac - J'ai peur d'avoir froid – clac-clac-clac –, me répond-il de sa voix aiguë, entre six claquements de dents.

— Tu as les nerfs en boule de neige, constate mon ami Anthony, derrière moi.

L'autobus scolaire mène notre groupe d'élèves à la station de ski. Cette classe de neige est notre sortie privilège du mois, proposée par notre professeure, Geneviève.

— Ouais… Ça nous apprendra à être sages, rigole Anthony.

On ne parle pas de journée idéale dans mon cas. J'ai un gros… *rhube* ! Je passe mon temps à me moucher. Et quand je le fais, on dirait un bruit de trompette.

— Poueeeeetttt !

Ce qui amuse tout le monde, y compris le chauffeur, qui klaxonne de plaisir en guise de réponse.

— Mon rhume ne guérit pas ! dis-je à qui veut bien me plaindre.

—Tu devrais consulter un médecin, suggère Sophie Laroche, assise devant moi. Ton nez coule comme un robinet.

Je lui réplique que je suis incapable de le fermer, le robinet.

—Alors, prends rendez-vous avec un plombier, enchaîne Anthony.

Heureusement, je compte sur une bonne provision de mouchoirs en papier pour la journée. J'aurais préféré rester à la maison bien au chaud.

Comme la plupart des autres de la classe, je n'ai jamais skié. C'est ce qu'on a rappelé à notre professeure lorsqu'il a été question de notre classe de neige. Elle nous a indiqué qu'il serait possible de suivre un cours avant de s'élancer sur les pistes.

À voix basse, Xavier me raconte que son cousin Patrick s'était brisé la jambe en ski, l'hiver dernier. Il avait dû porter un plâtre pendant trois longs mois.

—Lorsqu'on le lui a enlevé, sa jambe était toute petite… et poilue ! dit-il, s'esclaffant au souvenir de la scène.

Mais je n'ai pas le goût de rire du tout.

—Eh, Doum-Doum, me dit Anthony en me tapotant l'épaule pour me rassurer, si tu tombes en skiant, ça va juste faire *Boum-Boum !* Pas *Crac-Crac !*

Clac-clac... Snif-snif... Doum-Doum... *Boum-Boum... Crac-Crac !*

Une bien curieuse symphonie de sons que celle-là...

Chapitre 3

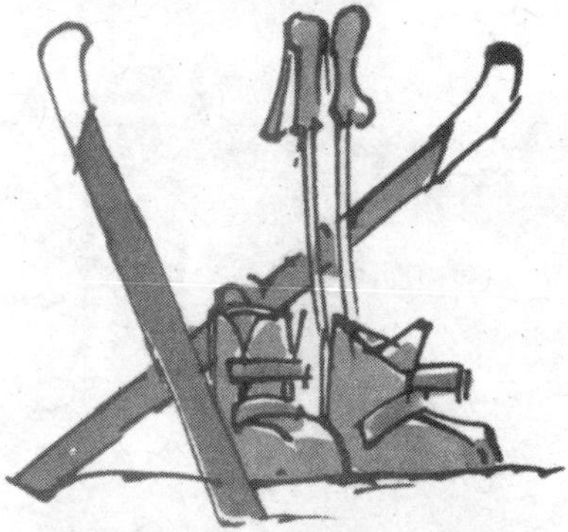

Et le mode d'emploi ?

À peine met-on le pied dehors qu'une désagréable surprise nous attend.

— Attention ! Reculez, s'il vous plaît !

— Ça commence bien, dis-je dans un soupir à Anthony avant de renifler un bon coup.

Devant la moue de dégoût

affichée par Sophie Laroche, je baisse les yeux et m'empresse de m'excuser discrètement. C'est la goutte au nez qui a failli faire déborder le vase.

Les claquements de dents de Xavier redoublent tandis que deux ambulanciers embarquent une civière dans leur véhicule et referment rudement la porte.

—Je ne me sens pas très bien, gémit mon ami, pâle comme la neige.

Moi aussi, j'ai déjà été plus rassuré...

Notre professeure nous entraîne au chalet pour louer l'équipement. Tour à tour, nous défilons devant le préposé qui nous remet bottes, bâtons et skis, dans cet ordre. Xavier Beaulieu demeure planté devant lui.

—Il te manque quelque chose ? s'enquiert Geneviève.

—Oui, le mode d'emploi pour ces trucs ! répond Xavier le plus sérieusement du monde.

Alors que des éclats de rire fusent de partout autour de lui, il lance à la ronde :

—Quoi ? Qu'est-ce que j'ai dit, les gars ? Qu'est-ce que j'ai dit ?

Une fois l'équipement en main, nous nous rendons dans une vaste salle pour enfiler nos bottes.

—Où sont les lacets ? Mes bottes n'ont pas de lacets ! s'offusque Anthony à voix haute, debout sur une table. Je veux être remboursé !

Puis il saute sur le sol, satisfait d'avoir suscité l'hilarité générale, sauf chez Xavier :

— Quoi ? Qu'est-ce qu'il a dit, les gars ? Qu'est-ce qu'il a dit ?

Comme je dois me pencher

pour attacher mes bottes, ma position aggrave mon écoulement nasal. Anthony le constate et je le supplie de me passer un mouchoir rapidement.

— Tu n'aimerais pas mieux une chaudière ?

Une dizaine de minutes plus tard, toute la classe de Geneviève est prête à se rendre sur les pentes. On n'est pas au bout de nos peines !

Chapitre 4

« LA» montagne !

Sortir du chalet représente une véritable épreuve. Personne n'a osé nous prévenir que de marcher avec des bottes de ski n'a rien d'une simple balade ! La leçon de ski aurait dû commencer dès nos premiers pas.

Obligés de se dandiner le popotin pour avancer, nous avons l'air d'une bande de pingouins. Je balance les bras, de façon gro-

tesque, pour parvenir à conserver un équilibre déjà précaire. En plus, il faut tenir nos bâtons et nos skis. Je n'ai pas encore effectué une seule descente et je suis déjà exténué.

Nous réussissons à nous rendre à l'extérieur sans trop de casse. Le temps est froid, mais il ne vente pas et la température est supportable.

Geneviève regroupe sa classe. J'étudie la pente qui s'étend devant nous. De petits enfants en ski et sur des planches à neige glissent et semblent s'amuser. Curieusement, mes craintes s'estompent. Une partie de plaisir s'annonce, somme toute.

Je mentionne à Xavier que ça n'a pas l'air si terrible.

—Ce n'est même pas un mont… C'est un monticule !

Mon ami approuve d'un signe de tête.

— C'est la pente école, ça, les gars, précise Sophie Laroche.

Elle dirige notre regard beaucoup plus à droite, vers « LA» montagne…

J'en ai des sueurs froides. Je sens mes jambes se ramollir tandis que les claquements de dents de Xavier reprennent de plus belle.

Tel un formidable mur, la montagne, avec sa vingtaine de pistes, se dresse devant nous. Elle est tellement immense qu'elle occupe tout mon champ de vision. Son sommet chatouille même les nuages ! Le mont Everest a sûrement l'air d'une colline à côté de ça.

Geneviève a eu besoin de tout son pouvoir de persuasion pour nous empêcher, Xavier et moi, de déguerpir et d'aller nous réfugier dans l'autobus pour la journée.

Sans oublier Anthony, qui a eu, lui aussi, son mot à dire dans cette histoire :

— Arrêtez donc de vous faire une montagne avec rien !

Chapitre 5

Un télésiège sans télé...

Il est maintenant l'heure de passer aux choses sérieuses : monter là-haut pour notre première descente. Une descente aux enfers !

Nous prenons le télésiège à quatre places. Anthony et Sophie encadrent deux skieurs qui font « clac-clac-clac-clac-clac » des

dents et « snif-snif-snif-snif » du nez.

—Mais il manque une télé à ce siège ! constate Anthony.

Je retiens mon souffle tandis que nous grimpons vers le sommet après avoir abaissé la barrière de sécurité.

—Ne regardez pas en bas et ça va bien se passer, nous recommande Sophie.

—Qu'est-ce qu'il y a, en bas, ciel ? s'écrie Xavier. Hiiiiiiiiii !

Tout comme lui, je jette un coup d'oeil malgré moi. Je n'aurais pas dû… Nous nous trouvons à au moins dix mètres du sol.

—On est à un kilomètre dans les airs ! s'exclame Xavier, qui exagère un peu, tout de même. Ça y est ! C'est le grand plongeon. Mon heure est venue…

— Mais non, il est encore trop tôt ! réplique Anthony, en consultant sa montre.

Moi, j'ai le vertige… et le nez qui coule. Pour porter mon attention sur autre chose que le vide, j'enlève une mitaine et je tire un mouchoir de la poche de mon manteau. Je me mouche.

— Poueeeetttt ! Poueeeetttt !

— Une avalanche ! s'écrie Xavier.

De façon involontaire, il m'assène un coup de coude dans les côtes. Je perds ma mitaine. Je la vois rapetisser et rapetisser jusqu'à ne devenir qu'une petite tache bleue sur la neige, beaucoup, beaucoup plus bas.

— T'aurais pu faire attention, Xavier Beaulieu ! lui dis-je, fâché.

— C'est de ta faute ! Ta trompette m'a effrayé ! riposte-t-il de

sa voix aussi haut perchée que lui. Et puis, t'avais juste à les attacher ensemble par un cordon comme moi. Bon !

Sans même réfléchir, j'arrache la tuque de sa tête et la jette en bas.

—C'est malin, ça, monsieur Abel ! s'offusque Xavier. Les oreilles vont me geler et elles vont tomber ! Ce n'est pas drôle.

—Pas d'oreilles, c'est sûr qu'on n'entend pas à rire, rappelle Anthony. Et tu ne pourrais pas porter de lunettes !

— Excuse-moi, Xavier… J'ai perdu la tête…

— Mais non, corrige Anthony. Tu as perdu une mitaine et Xavier, sa tuque.

Soupirant, Sophie fouille dans son sac à dos et me tend une mitaine qu'elle avait en réserve…

Une belle mitaine rose ! Je la remercie avec un sourire forcé.

—Ce n'était pas nécessaire, lui dis-je du bout des lèvres.

—Elle te va comme un gant, déclare Anthony.

—On passera chercher ta mitaine tout à l'heure, me signale Sophie.

—Si toutefois le croque-mitaine de la montagne ne l'a pas dévorée, remarque Anthony.

Sophie remet à Xavier un bandeau... rose pour protéger ses oreilles du froid. Et comme si ça ne suffisait pas, c'est à ce moment que le télésiège s'arrête dans les airs !

Chapitre 6

Entre ciel et terre

Depuis vingt minutes, nous sommes immobilisés, suspendus dans le vide, à mi-chemin du sommet. Pour corser la situation, le vent vient de se lever et cause un balancement inquiétant des télésièges. Suffisamment pour que naisse en moi une sensation désagréable.

—La prochaine chose qui va nous tomber dessus, c'est sûrement de la neige, observe Anthony sur un ton désinvolte.

—Ne dis pas ça ! tempête Xavier, nerveux. Tu appelles le malheur et…

Trop tard… Les premiers flocons se mettent de la partie.

—C'est de ta faute, Anthony Valois ! Clac-clac-clac-clac-clac-clac !

Mais Anthony ne l'écoute plus. Il fouille dans ses poches.

—Qu'est-ce que tu cherches ?

—Des pailles, répond-il, avec un ton sérieux. Comme nous sommes bloqués ici pour un bon bout de temps, il faut tirer à la courte paille.

—Pourquoi ? reprend Sophie, davantage amusée qu'intriguée.

Je ne suis pas certain de vouloir entendre la réponse. Xavier a prévu le coup. Il cou-

vre ses oreilles de ses mains et dit :

— Blablablablablablablabla…

— Pourquoi ? répète Anthony en haussant la voix pour être compris de Xavier. Parce que nous en avons sûrement pour des jours, à rester bloqués ici. On tire à la courte paille pour savoir celui qui sera mangé, ohé, ohéééééé ! Quelqu'un a apporté des ustensiles ?

—Nous sommes chanceux après tout : la nourriture sera bien conservée au froid, remarque Sophie en touchant mon ventre.

—Ha ! Ha ! Ha ! Très drôle, madame Laroche, lui dis-je avec une grimace.

—Mais on va mourir de froid avant de mourir de faim, s'inquiète Xavier.

Anthony me signale que si je continue de me moucher comme ça, je vais perdre mon nez, c'est sûr. Je vois en pensée mon nez tomber en bas et rejoindre ma mitaine. Au moins, je l'aurais à portée de main…

— Tu ressemblerais au Sphinx d'Égypte, note encore mon ami. Mais avec une tuque sur la tête.

Exagérant le geste, Anthony s'étire et bâille. Il se tortille sur son siège, comme pour trouver la plus confortable des positions. Satisfait, il ferme les yeux.

—Puisqu'on en a pour tout l'hiver, je vais hiberner. Bonne nuit !

Un doux ronron ébranle soudain notre télésiège quadruple et le paysage recommence à défiler sous nos yeux. Nous bougeons ! Xavier soupire de soulagement : il ne sera pas mangé, ohé, ohéééééééééé ! Et Anthony doit se réveiller.

Cinq minutes plus tard, nous arrivons au sommet où nous attendent les autres élèves et Geneviève, notre professeure. Avant d'attaquer les pistes, elle nous invite à admirer le paysage féerique qui se déploie sous nos yeux. Je n'ai jamais rien vu de tel : les arbres sont recouverts de neige et de givre. C'est à couper le souffle et...

— Hé ! Regardez l'autobus en bas, près du chalet ! crie Xavier.

Notre véhicule est tellement petit que certains ont de la difficulté à l'apercevoir. Il paraît à des kilomètres de nous...

— C'est de la haute classe de neige, ça, monsieur ! s'écrie Anthony enthousiasmé. Un sommet dans ma carrière de skieur...

—Ouais, lui dis-je, anxieux. J'espère être à la hauteur.

—C'est une question d'altitude et d'attitude, mon ami Doum-Doum.

Une ambulance arrive dans le stationnement.

Les ambulanciers ont sans doute été prévenus que leur prochain client s'en venait... Moi !

Chapitre 7

Une classe Desneiges

Geneviève réunit le groupe autour d'elle pour un bref cours de ski en compagnie du moniteur. Elle rappelle à Xavier qu'on ne se corde pas ; il craint les crevasses et les avalanches, comme dans ce documentaire télévisé sur l'alpinisme.

—Quelle est la première chose qu'il faut savoir lorsqu'on suit des cours ? interroge Geneviève.

—Connaître l'endroit des premiers soins ? répond Anthony.

—Le nom de votre moniteur, rectifie notre professeure. Je vous présente Martin Desneiges.

À la mention de son nom, toutes les têtes se tournent en direction d'Anthony.

—Oui, bon, d'accord, dit-il en haussant les épaules. Mais je n'ai pas à la chercher loin, celle-là…

—Quoi donc ? soupire Geneviève.

—Ben, aujourd'hui, on a une classe Desneiges…

Nous pouffons de rire. Notre moniteur à barbe, qui a l'âge de notre professeure, fait la mine de quelqu'un qui a entendu ce jeu de mots des milliers de fois.

— Plus sérieusement… commence-t-il…

Il nous explique alors l'importance de garder le contrôle de ses skis en tout temps. Ça semble simple, en effet, mais que fait-on quand nos pieds refusent de nous écouter ?

— Le plus facile, pour débuter, c'est d'y aller en chassssssse-neige. On trace des « S», comme dans ssssssslalom. Ce n'est pas sssssssorcier, vous allez voir. Suivez-moi jusqu'au plateau, un peu plus bas.

Et il s'exécute, talonné par Geneviève, Sophie Laroche, puis par les autres. Anthony, Xavier et moi laissons le hasard déterminer qui, de nous trois, partira le premier.

— Match nul ! Match nul ! Match nul !

On n'y arrivera pas. Impossible de jouer à roche, papier, ciseaux, avec nos grosses mitaines… Un avertissement de notre professeure et nous rejoignons le groupe.

De haut, on doit ressembler à un long serpent qui ondule. Les

« S» tracés par Xavier tiennent davantage de « I» sans point et de « T» sans barre.

—Hiiiiiiiiiiiiiiii ! Où sont les freins ?

—Inverse la puissance ! hurle Anthony.

Xavier descend tout droit, oubliant de suivre à la lettre la consigne du slalom. Par chance, il ne heurte personne. Pour arrêter sa course, il se jette sur le ventre, perd un ski et glisse ainsi pendant quelques mètres. Lorsqu'il se relève, il exécute une curieuse danse… pour chasser la neige froide qui s'est faufilée dans son chandail.

—Tu es un minable homme des neiges, remarque Anthony, qui l'a rejoint aussitôt.

—Je vais mourir d'une pneumonie ! se lamente-t-il.

Pour ma part, je ne fais ni « S », ni « I » ou « T »... mais des « X ». Car si je peux être plutôt adroit de mes mains, je suis bien gauche de mes pieds. Voilà pourquoi mes skis ne cessent de se croiser. Et je me retrouve les quatre fers en l'air !

Ouille ! mon derrière ! Je pense que je viens de m'assommer une fesse.

Découragé, le moral dans les bottes de ski, je traîne loin derrière, à la queue ; me voilà bien avancé.

Tomber est humain, se relever est divin. C'est un proverbe qui trouve tout son sens en ski ! Je suis incapable de me remettre debout. Couché sur le dos, dans la neige, je dois ressembler à une tortue retournée sur sa carapace. Comme elle, je risque de mourir, asséché au soleil. Il a fallu l'intervention divine de Sophie Laroche pour remédier à la situation.

Chapitre 8

Dans la Forêt enchantée

— N'oubliez pas les « S »! Comme sssssslalom ! sssssssiffle notre moniteur de sssssssssski.

C'est une leçon de ski, de français ou de diction ?

— Les S, c'est vraiment une fixation… chez vous, monsieur Desneiges, soulève Anthony.

Il éclate de rire, tout seul.

— Voyons, les gars : fixation… ski… genre…

Haussant les épaules, j'amorce maintenant la deuxième partie du parcours. Lentement, mais sûrement sera ma devise. Même si je ne parviens en bas que dans deux semaines, au moins, je veux m'assurer d'avoir tous mes morceaux à la bonne place ! De toute façon, avec mon passe-montagne qui remonte sur mon nez et mes lunettes de ski, personne ne me reconnaîtra ! Mon orgueil devrait pouvoir s'en tirer à bon compte.

— Lâche pas, Dominic ! m'encourage une fille au passage.

— À tout à l'heure, Dominic ! crie un garçon en dévalant la pente.

— Encore Boum-Boum, Doum-Doum ? s'informe Anthony après ma cinquième chute. T'as l'air sonné... Combien vois-tu de doigts ?

— Euh... deux ?

— Tu es vraiment sonné ! Il y en a cinq !!!

— Oui, mais tu portes une mitaine !

Je me relève avec difficulté et je reprends ma descente.

— Hé Abel ! Le dernier en bas sent les oeufs pourris ! me lance un garçon avec défi.

Pour mon anonymat, on repassera.

Malgré tout, je parviens à me débrouiller. Mes « S» ressemblent à des « Z», mais ce n'est là qu'un simple détail. J'essaie d'éviter les « S» en ligne droite, à la Xavier Beaulieu.

Martin Desneiges nous recommande de demeurer sur la piste familiale, qui est la plus facile. Certains de ses élèves se fondent dans la masse et prennent des chemins différents. Sophie veut nous entraîner dans la Forêt enchantée. Enfin un défi à la hauteur de mes capacités. Des dessins d'enfants sur les pancartes nous indiquent où aller. Nous nous y engageons…

Je sais comment devaient se sentir Hansel et Gretel lorsqu'ils ont pénétré dans la maison de bonbons de la sorcière. Piégés ! Horreur ! Dans la Forêt enchantée… il y a des arbres et des branches ! Et ça ne m'enchante guère !

— Tassez-vous ! Tassez-vous ! s'écrie Xavier aux arbres en gesticulant, comme s'ils allaient l'écouter… et le voir !

Je chasse de ma tête cette image de moi, à l'hôpital, la jambe dans le plâtre.

Pour ajouter à la difficulté de l'aventure, les sentiers sont parsemés de vallons. Désireux de sauver ma peau, j'emprunte un raccourci qui me ramène sur la piste familiale. Sauvé ! On ne m'y reprendra plus…

L'endroit est passant. Par moments, on se croirait dans un corridor de l'école lorsque sonne la cloche de la récréation. Il faudrait presque un brigadier pour diriger la circulation. Certains sont prudents et comprennent bien, à nous voir aller, que nous en sommes à nos premiers pas à skis. D'autres, par contre, sont effrontés. Un gamin sur sa planche me frôle dangereusement.

— Tasse-toi, mon oncle ! crie-t-il, moqueur.

Je suis insulté. Le garçon est à peine de l'âge de ma soeur Isabelle, soit quatre ou cinq ans. Si elle va à la maternelle avec lui, je vais inciter Isabelle à le mordre à la récréation, bon ! Hors de moi, je riposte de vive voix :

— Tu dois encore rouler à vélo avec tes petites roues !

Sophie nous avertit que Xavier Beaulieu ne nous a pas encore rejoints. Soudain, un ski solitaire passe devant nous et poursuit sa route jusqu'au bas de la pente.

—Ah, voilà le deuxième qui arrive, dit Anthony.

Il ne manque plus que... Xavier qui vient d'apparaître et qui descend... en criant sa joie !

Il glisse sur ses bottes et s'amuse follement.

Et pourquoi pas ?

En un rien de temps, nous nous débarrassons de nos skis et nous terminons cette première descente debout, sur nos pieds !

Sains et saufs !

Épilogue

Voilà, mon récit est terminé. Pendant qu'Isabelle avale la dernière gorgée du jus de raisin d'un patient, dans le lit voisin, papa affiche une mine perplexe.

— As-tu oublié un détail ? Ta cheville cassée ? Avez-vous fait d'autres descentes ?

— Oui, deux...

— Et ton accident de ski ? insiste maman.

Isabelle s'interpose avec, en main, son verre de jus vide.

— Est-ce qu'il y a d'autres personnes sur l'étage qui sont *mourues* pour que je puisse avoir leur jus ? J'ai encore soif !

L'air un peu gêné, je raconte à mes parents que je ne me trouve pas ici à cause de ma classe de neige. Mon histoire est beaucoup moins glorieuse.

J'étais très content d'avoir fini la journée debout sur mes deux jambes. C'est à ce moment que j'ai un peu relâché mon attention…

— En descendant de l'autobus qui nous ramenait à l'école, j'ai… euh… j'ai déposé le pied sur une plaque de glace. J'ai glissé et voici le résultat !

—C'est bien dommage, soupire maman, désolée. Ta saison de ski à peine commencée est déjà terminée.

Anthony et Xavier arrivent sur les entrefaites. Dès qu'elle aperçoit Xavier, Isabelle se précipite sur lui et l'envoie valser sur son derrière, avant de lui couvrir le visage de baisers.

—On fait les « De-De ! », Xa-Xa ? fait-elle en rigolant.

Puis, elle saute partout en poussant des « De-De ! » sans arrêt.

Anthony me remet une carte de condoléances. Il ne restait plus de cartes de prompt rétablissement.

—C'est l'intention qui compte, après tout, Doum-Doum... Tu n'aurais pas pu inventer une meilleure raison pour manquer l'école ? me dit-il. Les poux, par exemple ?

À la simple mention de ces bestioles, je me gratte la tête.

Avec Isabelle à cheval sur son dos, Xavier me dit, en désignant mon plâtre :

— Comme ça, elle va être toute petite et poilue… J'ai hâte de la voir !

Papa et maman restent bouche bée devant sa remarque.

— Nnnnon ! bafouille-t-il, constatant leur réaction outrée. Je veux dire… le poil… la jambe… petite… une fois le plâtre enlevé !

Je m'empresse de le sortir de son trouble :

— *Ma jambe* ne sera ni petite, ni poilue. Je devrais être débarrassé du plâtre d'ici un mois environ.

— Voilà une bonne nouvelle, note Xavier, soulagé comme mes parents.

— Oui, c'est au poil, ça, Doum-Doum… Tu seras donc rétabli à

temps pour la prochaine sortie privilège du mois, me confie Anthony avec un plaisir évident.

Je n'ai pas le temps de lui demander en quoi elle consistera qu'il m'annonce avec un grand sourire :

— Dans une école… de parachutisme !

Alain M. Bergeron

Mes débuts en ski n'ont guère été glorieux. En fait, ils ont été plutôt… douloureux ! J'avais l'air de Dominic et de Xavier réunis !

J'étais déjà terrifié dans la chaise qui me menait au sommet de la montagne. Pour moi, c'était l'Everest.

Ça m'a pris presque une heure pour descendre la piste familiale. Une heure à tomber et à me relever, à re-tomber et à me re-relever. Mes longs skis, qui ne cessaient de se croiser, m'ont même conduit dans la forêt, à mon corps défendant.

Je suis finalement arrivé au bas de la piste, à la limite de l'épuisement.

J'ai compris mon erreur.

J'aurais dû prendre un cours…

Et peut-être essayer la planche…

Sampar

Penché sur ma planche, à dessiner pendant de longues heures, il n'y a rien de plus bénéfique pour moi qu'une petite virée en planche à neige. Contrairement à Alain avec ses skis, je ne risque pas, sur ma planche à neige, de m'empêtrer les pieds en descendant la pente. Tout est question d'équilibre : équilibre au travail, pour la famille et pour les loisirs.

J'ai déjà été plus audacieux, surtout pour les sauts. Mais là, s'il fallait que je me brise un poignet, vous imaginez les conséquences ?

Maintenant, mon sport extrême, c'est la planche… à dessin !

MA PETITE VACHE A MAL AUX PATTES

1. *C'est parce que...*, de Louis Émond, illustré par Caroline Merola.
2. *Octave et la dent qui fausse*, de Carmen Marois, illustré par Dominique Jolin.
3. *La chèvre de monsieur Potvin*, de Angèle Delaunois, illustré par Philippe Germain, finaliste au Prix M. Christie 1998.
4. *Le bossu de l'île d'Orléans*, une adaptation de Cécile Gagnon, illustré par Bruno St-Aubin.
5. *Les patins d'Ariane*, de Marie-Andrée Boucher Mativat, illustré par Anne Villeneuve.
6. *Le champion du lundi*, écrit et illustré par Danielle Simard.
7. *À l'éco...l...e de monsieur Bardin*, de Pierre Filion, illustré par Stéphane Poulin, Prix Communication-Jeunesse 2000.
8. *Rouge Timide*, écrit et illustré par Gilles Tibo, Prix M. Christie 1999.
9. *Fantôme d'un soir*, de Henriette Major, illustré par Philippe Germain.
10. *Ça roule avec Charlotte !*, de Dominique Giroux, illustré par Bruno St-Aubin.
11. *Les yeux noirs*, de Gilles Tibo, illustré par Jean Bernèche. Prix M. Christie 2000.
12. Ce titre est retiré du catalogue.
13. *L'Arbre de Joie*, de Alain M. Bergeron, illustré par Dominique Jolin. Prix Boomerang 2000.
14. *Le retour de monsieur Bardin*, de Pierre Filion, illustré par Stéphane Poulin.
15. *Le sourire volé*, de Gilles Tibo, illustré par Jean Bernèche.

16. *Le démon du mardi*, écrit et illustré par Danielle Simard. Prix Boomerang 2001.
17. *Le petit maudit*, de Gilles Tibo, illustré par Hélène Desputeaux.
18. *La Rose et le Diable*, de Cécile Gagnon, illustré par Anne Villeneuve.
19. *Les trois bonbons de monsieur Magnani*, de Louis Émond, illustré par Stéphane Poulin.
20. *Moi et l'autre*, de Roger Poupart, illustré par Marie-Claude Favreau.
21. *La clé magique*, de Gilles Tibo, illustré par Jean Bernèche.
22. *Un cochon sous les étoiles*, écrit et illustré par Jean Lacombe.
23. *Le chien de Pavel*, de Cécile Gagnon, illustré par Leanne Franson. Finaliste au Prix du Gouverneur général 2001.
24. *Frissons dans la nuit*, de Carole Montreuil, illustré par Bruno St-Aubin.
25. *Le monstre du mercredi*, écrit et illustré par Danielle Simard.
26. *La valise de monsieur Bardin*, de Pierre Filion, illustré par Stéphane Poulin.
27. *Zzzut !* de Alain M. Bergeron, illustré par Sampar. Prix Communication-Jeunesse 2002.
28. *Le bal des chenilles* suivi de *Une bien mauvaise grippe*, de Robert Soulières, illustré par Marie-Claude Favreau.
29. *La petite fille qui ne souriait plus*, de Gilles Tibo, illustré par Marie-Claude Favreau. Finaliste du Prix M. Christie 2002. Prix Odyssée 2002, Prix Asted 2002.
30. *Tofu tout flamme*, de Gaétan Chagnon, illustré par Philippe Germain.
31. *La picote du vendredi soir*, de Nathalie Ferraris, illustré par Paul Roux.

32. *Les vacances de Rodolphe*, de Gilles Tibo, illustré par Jean Bernèche.
33. *L'histoire de Louis Braille*, de Danielle Vaillancourt, illustré par Francis Back. Prix Boomerang 2003.
34. *Mineurs et vaccinés,* de Alain M. Bergeron, illustré par Sampar. 2e position au Palmarès de Communication-Jeunesse 2003.
35. *Célestin et Rosalie,* de Cécile Gagnon, illustré par Stéphane Jorisch.
36. *Le soufflé de mon père,* d'Alain Raimbault, illustré par Daniel Dumont.
37. *Beauté monstre,* de Carmen Marois, illustré par Anne Villeneuve. Prix d'illustration du Salon du livre de Trois-Rivières 2003, catégorie Petit roman illustré.
38. *Plume, papier, oiseau,* de Maryse Choinière, illustré par Geneviève Côté. Finaliste au Prix d'illustration du Salon du livre de Trois-Rivières 2003, catégorie Petit roman illustré.
39. *Gustave et Attila*, de Marie-Andrée Boucher Mativat, illustré par Pascale Bourguignon. Prix d'illustration du Salon du livre de Trois-Rivières 2003, catégorie Relève.
40. *Le trésor d'Archibald*, de Carmen Marois, illustré par Anne Villeneuve.
41. *Joyeux Noël monsieur Bardin !* de Pierre Filion, illustré par Stéphane Poulin.
42. *J'ai vendu ma sœur*, écrit et illustré par Danielle Simard. Prix du Gouverneur général du Canada 2003, finaliste au Prix d'illustration du Salon du livre de Trois-Rivières 2003, catégorie Petit roman illustré.
43. *Les vrais livres,* de Daniel Laverdure, illustré par Paul Roux.
44. *Une flèche pour Cupidon,* de Linda Brousseau, illustré par Marie-Claude Favreau.

45. *Guillaume et la nuit,* de Gilles Tibo, illustré par Daniel Sylvestre.
46. *Les petites folies du jeudi,* écrit et illustré par Danielle Simard. Prix Communication-Jeunesse 2004 et Grand Prix du livre de la Montérégie 2004.
47. *Justine et le chien de Pavel,* de Cécile Gagnon, illustré par Leanne Franson.
48. *Mon petit pou,* d'Alain M. Bergeron, illustré par Sampar. 4e position au Palmarès de Communication-Jeunesse 2004.
49. *Archibald et la reine Noire*, de Carmen Marois, illustré par Anne Villeneuve.
50. *Autour de Gabrielle*, des poèmes d'Édith Bourget, illustrés par Geneviève Côté. Prix France-Acadie 2004, Finaliste au Prix du Gouverneur général du Canada 2004.
51. *Des bonbons et des méchants*, de Robert Soulières, illustré par Stéphane Poulin.
52. *La bataille des mots*, de Gilles Tibo, illustré par Bruno St-Aubin.
53. *Le macaroni du vendredi*, écrit et illustré par Danielle Simard.
54. *La vache qui lit*, écrit et illustré par Caroline Merola.
55. *M. Bardin sous les étoiles*, de Pierre Filion, illustré par Stéphane Poulin.
56. *Un gardien averti en vaut... trois*, d'Alain M. Bergeron, illustré par Sampar.
57. *Marie Solitude*, de Nathalie Ferraris, illustré par Dominique Jolin.
58. *Maîtresse en détresse*, de Danielle Simard, illustré par Caroline Merola, Grand Prix du livre de la Montérégie – Prix du public 2006.
59. *Dodo, les canards !* d'Alain Raimbault, illustré par Daniel Dumont.

60. *La chasse à la sorcière*, de Roger Poupart, illustré par Jean-Marc St-Denis.
61. *La chambre vide*, de Gilles Tibo, illustré par Geneviève Côté.
62. *Dure nuit pour Delphine*, de Johanne Mercier, illustré par Christian Daigle.
63. *Les tomates de monsieur Dâ*, d'Alain Ulysse Tremblay, illustré par Jean-Marc St-Denis.
64. *Justine et Sofia*, de Cécile Gagnon illustré par Leanne Franson.
65. *Le sale coup du samedi*, écrit et illustré par Danielle Simard.
66. *Les saisons d'Henri*, d'Édith Bourget, illustré par Geneviève Côté.
67. *Jolie Julie*, de Gilles Tibo illustré par Marie-Claude Favreau.
68. *Le jour de l'araignée*, d'Alain M. Bergeron, illustré par Bruno St-Aubin.
69. *La classe de neige*, d'Alain M. Bergeron, illustré par Sampar.
70. *Am stram gram et calligrammes*, de Robert Soulières, illustré par Caroline Merola.

PROTÉGEONS NOS FORÊTS

Ce livre a été imprimé sur du papier Sylva enviro 100 % recyclé, traité sans chlore, accrédité Éco-Logo et fait à partir d'énergie biogaz.

Achevé d'imprimer
sur les presses de Marquis Imprimeur
en mars 2007